# TABLEAU

## DE LA

# NATURE

### PAR

## UN PAYSAN

(G. CHAPUSOT)

## BEAUNE

IMPRIMERIE ED. BATAULT-MOROT
1876

# LA FONTAINE-FROIDE

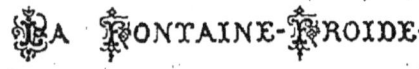

Source des monts, source limpide et pure,
Je viens rêver à ton flot jaillissant,
Qui va former dans un champ de verdure,
Ce doux ruisseau qui murmure en passant ; .
De nos vallons, il anime les sites,
En nos prés verts, il semble reposer ;
Fontaine froide, au près des marguerites,   ⎰
Comme tes flots, mon cœur vient s'épancher. ⎱ *bis.*

### 2<sup>me</sup> COUPLET

Ton vert bosquet voit fleurir la pervenche,
La violette et parfum et saphyr,
Le doux muguet, sous l'aubépine blanche,
Vient à son tour, embaumer ton zéphyr.
Pour t'embellir, la rose printanière
Epanouit, au front de l'églantier,
Fontaine froide, au sein de la bruyère ,
Comme tes flots, mon cœur vient s'épancher.

### 3<sup>me</sup> COUPLET

Le pampre vert, comme un roseau qui pousse,
Vient s'enlacer au chêne des coteaux,
Là, son fruit d'or sur l'arbre gris de mousse
Est suspendu près du nid des oiseaux ;

Bénissant Dieu qui garde leur pâture,
A leurs accents l'Echo va s'éveiller ;
Fontaine froide, au sein de la nature,
Comme tes flots, mon cœur vient s'épancher.

#### 4me COUPLET

J'aime ces lieux, où le barde idolâtre,
La lyre en main d'un génie inspiré
Guidait la voix du chasseur et du pâtre,
Qui de nos monts chantaient la liberté.
Je vois encore, foulant la véronique,
Ce gui qu'une faux d'or dut moissonner,
Fontaine froide, en ton vallon celtique,
Comme tes flots, mon cœur vient s'épancher.

#### 5me COUPLET

J'ai sur le tronc d'un hêtre séculaire,
De mon amour, gravé le souvenir,
J'aime à revoir, dans ce dieu solitaire,
Ce chiffre aimé qui me fait tressaillir ;
Au doux parfum de ta brise embaumée,
De quels transports elle dut m'énivrer ;
Fontaine froide, au sein de ta feuillée,
Comme tes flots, mon cœur vient s'épancher.

#### 6me COUPLET

Sous les rameaux, où ton flot pur s'agite,
Loin du torrent, rêvant à ses ayeux
Là, vint s'asseoir une noble proscrite,
De nos Condé, rejeton glorieux.

Fraiche naïade, au sein des fleurs cachée,
De son amour, ton cours dut s'illustrer ;
Fontaine froide, espoir de l'exilée,
Comme tes flots, mon cœur vient s'épancher.

### 7<sup>me</sup> COUPLET

De nos prés mûrs, lorsque l'herbe fanée
Laisse renaître un verdoyant tapis,
Près de tes bords, une foule animée
Vient célébrer la fête du pays ;
Vers ton chalet, en ton site champêtre,
Ta renommée invite l'étranger ;
Fontaine froide, au sol qui m'a vu naître,
Comme tes flots, mon cœur vient s'épancher.

# LE PRINTEMPS

Les frimas désertent la terre,
Chassés par la brise légère ;
L'aquilon fait place au zéphir,
Nos prés jaunis vont reverdir ;
Le chant joyeux de l'alouette
Présage enfin la violette,
Le blé pousse au sein du sillon
Où va s'éveiller le grillon.

REFRAIN

La nature s'est embellie,
Le printemps, qui l'a rajeunie,
Nous révèle dans sa splendeur
L'œuvre du divin créateur.

2me COUPLET

Dans nos bosquets, dans la bruyère,
Je vois fleurir la primevère,
Des jardins, les arbres fruitiers
Ouvrent leurs bourgeons printaniers.
La sève qui monte en rosée
Au pampre donne la feuillée.
Ah ! prions Dieu que sur ses pas
L'aquilon ne revienne pas.

3me COUPLET

La jeune abeille au champ de flore
Près de la rose vient d'éclore
Sur la fleur au front brillant,
Elle butine en bourdonnant.
Comme l'essaim naît la couvée,
Dans son nid, la brise embaumée
Caresse et balance l'oiseau
Comme un enfant dans son berceau.

4me COUPLET

Sous nos toits, l'hirondelle agile
Gazouille en son palais d'argile,
Peut-être l'oiseau voyageur
Parle encor d'espoir, de bonheur ;

Ah! viens, je comprends ton langage,
Laisse moi prendre à ton corsage
Ce billet ; quoi c'est du proscrit !
Il espère, Dieu soit bénit.

### 5ᵐᵉ COUPLET

Le papillon, sans préférence ,
D'une tige à l'autre s'élance,
Image inconstant et léger
Du printemps qui doit nous quitter.
Jeunes garçons, joyeuses filles,
Ne craignez rien sous vos charmilles,
Le plaisir qui suit les amours,
Pour vous, garde encor d'heureux jours.

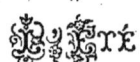

## L'ÉTÉ

Du tilleul, la frange dorée
Couronne sa tige élancée ;
Juin, qui lui donne ses couleurs,
A nos prés ravit d'autres fleurs ;
L'herbe tombe sous la faucheuse
Et soudain la jeune faneuse
Eveille l'Echo du vallon,
Qui nous répète sa chanson.

REFRAIN

Verse sur la plante altérée
Ta rafraichissante rosée ;
Lorsque dans l'espace, oh ! mon Dieu,
L'été roule son char de feu.

2me COUPLET

Au ciel d'azur l'astre rayonne,
Dans les airs, l'insecte bourdonne,
A l'ombre des saules, l'oiseau
Vient se baigner dans le ruisseau,
Et la cigale insouciante
Au sein des pampres fleuris chante
Heureuse, elle croit, aux beaux jours,
Que l'été durera toujours.

3me COUPLET

Je vois, dans la plaine poudreuse,
Le moissonneur et la glaneuse ;
L'un vient amasser un trésor,
L'autre une gerbe aux épis d'or.
Mais quand l'alouette gentille
S'envole devant la faucille
Retrouvera-t-elle au sillon
Quelques grains après la moisson ?

4me COUPLET

C'est en été que sous l'ombrage,
L'on fête le saint du village ;
Les pays voisins, le hameau
Se réunissent sous l'ormeau.

Folatre comme une couvée,
Qui de son nid s'est envolée,
La jeunesse au front radieux,
Va prendre ses ébats joyeux.

5<sup>me</sup> COUPLET

L'été, des plus beaux jours dispose,
Et dans ses fleurs garde la rose.
L'on voit cette belle saison
Riche encore après la moisson ;
L'arbre dont le fruit se balance
Lui doit son heureuse abondance,
L'automne qui veut nous l'offrir
Arrive enfin pour le mûrir.

# L'AUTOMNE

Je vois, sous la feuille encore verte,
Jaunir le fruit mûr des pommiers ;
La noix, de son écalle ouverte
S'échappe et descend des noyers.
Le laboureur plein d'espérance
Redonne du grain à son champ,
Vers la plaine qu'il ensemence
L'on voit le coteau rougissant.

REFRAIN

Amis, chantons l'automne,
Car c'est lui qui nous donne
Et mûrit le raisin,
D'où jaillit le bon vin.

2<sup>me</sup> COUPLET

Au loin, la fanfare résonne,
L'Echo répète au fond des bois;
Les chiens et l'arme qui détonne
Ont forcé le cerf aux abois ;
Le chasseur reprenant haleine,
Assis sous l'ombre des buissons,
Dit en vidant sa gourde pleine,
C'est la plus belle des saisons.

3<sup>me</sup> COUPLET

Serpe en main, Octobre s'avance,
Il engage nos vendangeurs,
Le panier s'emplit jusqu'à l'anse
Aux chants joyeux des travailleurs ;
Surprise, en chancelant, la grive
Se faufile en nos échalas,
Mais veut encore quoiqu'il arrive
Grapiller malgré ce tracas.

4<sup>me</sup> COUPLET

Le magasin, comme un Vésuve,
Fume aux vapeurs du raisin noir,
Pendant que fermente la cuve,
Le vin blanc jaillit du pressoir ;

Pour le goûter, chacun s'avance,
Eh ! morbleu ! nous dit un vieillard
C'est la fontaine de Jouvence,
Enfants, je redeviens gaillard.

### 5me COUPLET

Tout à coup, le vent tourbillonne
Et nous ramène les fraicheurs,
Nous voici sur la fin d'automne,
Adieu les fruits, adieu les fleurs.
Mais elle a, dans sa prévoyance,
Rempli les caves, les celliers,
Et nous retrouvons l'abondance,
Au sein de nos foyers.

# HIVER

Les oiseaux traversent la nue,
Rangés comme ces légions
Qui formaient le fer de charrue
Pour enfoncer les bataillons.
C'est que, l'aquilon qui les chasse
Sur nous lance de noirs frimas,
Leur départ présage la glace,
Et l'hiver arrive à grands pas.

REFRAIN.

Le froid qui nous pénètre,
Ramène au toit champêtre
L'amour, le vin, le jeu
Restons au coin du feu.

2<sup>me</sup> COUPLET

Phébus, en sa course infinie,
Eloigne ses pâles rayons ;
Des arbres, la feuille jaunie
Tombe et grossit les tourbillons ;
Du givre, la froide rosée,
Descend du ciel en scintillant
Et sur la branche dépouillée
Va former un lustre brillant.

3<sup>me</sup> COUPLET

De l'humble toit qui nous protège,
Le chaume commence à blanchir
La vigne, sous un drap de neige,
Au lit des coteaux va dormir.
Le loup, au chasseur intrépide
Laisse la trace de ses pas,
Le jour fuit en un cours rapide,
La veille au plaisir tend les bras.

4<sup>me</sup> COUPLET

La nuit, redoublant de froidure,
Tend sur nous ses ombres glacées ;
La terre en son orbite obscure,
Durcit sous les vents déchaînés.

Des chaumières, le foyer brille ;
L'on s'y presse, voici l'instant,
Où, pour égayer la famille,
La grand'mère conte en filant.

### 5<sup>me</sup> COUPLET

L'hiver, au ciel gris et morose,
Par contraste me fait rêver
Au doux printemps, puis à la rose,
Dont le zéphir doit s'embaumer.
Je crois l'aspirer; un froid acre
Dissipe mon illusion.
Lors, pour quitter le coin de l'âtre,
J'attends le réveil du grillon.

# LA CHANTEPLEURE

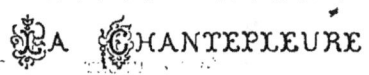

### REFRAIN

Lorsque tu chante et pleure
Ma bonne chantepleure
Mon verre se remplit,
A ton flot qui jaillit.

### 1er COUPLET

Enfin la vendange est finie
Et tous mes tonneaux sont scellés
Dans ma cave fort bien garnie,
Sur marres, ils sont alignés.
Noël arrive, ah ! c'est qu'il gèle,
Je viens m'abriter au caveau,
Trop tôt pour percer, je descèle,
Fais-moi goûter le vin nouveau.

### 2me COUPLET

En chantant, harpe éolienne,
De l'orgue imitant le tuyau,
Par ta puissance aërienne,
Le bon vin monte du tonneau ;
D'un fût plein, dédaignant la lie,
En plongeant tu choisis le cœur,
C'est là que ta forme arrondie
Du vermillon prend la couleur.

### 3me COUPLET

Ma vigne rend certain conpère
Jaloux; il veut la posséder,
Et me traite en propriétaire
Dont la fille est à marier.
Je ne la vendrai pas, ma belle,
Quand il m'offrirait un trésor,
Car nous possédons avec elle
Les produits de la Côte-d'Or.

### 4me COUPLET

Je ris, mais parfois ton murmure
Attendrissant me fait penser
Que par décret de la nature,
Un jour, il faudra nous quitter.
Allons, dans ma coupe tarie,
Verse l'espoir, en attendant,
Et quand je quitterai la vie,
Fais-moi tes adieux en pleurant.

Beaune, imp. Batault-Morot.

www.ingramcontent.com/pod-product-compliance
Lightning Source LLC
Chambersburg PA
CBHW061256170626
46811CB00006BA/2454